백년의 잠 깨우다

백년의 잠 깨우다

발행일	2015년 4월 21일

지은이	김 영 진		
펴낸이	손 형 국		
펴낸곳	(주)북랩		
편집인	선일영	편집	서대종, 이소현, 이탄석, 김아름
디자인	이현수, 윤미리내	제작	박기성, 황동현, 구성우
마케팅	김회란, 박진관, 이희정		
출판등록	2004. 12. 1(제2012-000051호)		
주소	서울시 금천구 가산디지털 1로 168, 우림라이온스밸리 B동 B113, 114호		
홈페이지	www.book.co.kr		
전화번호	(02)2026-5777	팩스	(02)2026-5747

ISBN   979-11-5585-571-3 03810 (종이책)   979-11-5585-572-0 05810 (전자책)

이 도서의 국립중앙도서관 출판예정도서목록(CIP)은 서지정보유통지원시스템 홈페이지(http://seoji.nl.go.kr)와
국가자료공동목록시스템(http://www.nl.go.kr/kolisnet)에서 이용하실 수 있습니다.
(CIP제어번호 : CIP2015011391)

김 영 진 두 번 째 시 집

백년의 잠 깨우다

김영진 시집

북랩 book Lab

"백년의 잠 깨우다"를 출간하며

정보 전쟁이 치열한 첨단산업을 신성장의 동력으로
다져오고 있지만 머지않아 신기술 평준화가 온다면
당찬 미래와의 꿈, 무한도전은 위기일 수밖에 없다

산업자원을 자본자원으로 앞세우는 생존경쟁에서
살아남기 위한, 하나 될 미래 광복70년의 소망도
경색된 남북교류도 접근성이 용의한 건 자본이다

젊은 지성의 신지식을 골고루 유용할 수 있는 기회도
새로운 자원을 향해 돌파구를 찾는 기업인의 정신도
인적자원의 땅, 자본자원으로 이끌어갈 불모지의 땅,
간도 쓸개도 없는 교류, 신시대의 점령군은 자본이다

막연하게 기다려온 통일의 염원은 죄다
염원은 고통이 수반된 자원의 강이지만
염원으로 열려올 문은 아니기 때문이다

열려오는 문인가 열어가야 할 문인가 잠시 돌아볼 때
열강의 속국으로 길드는 줄 모르고 예속의 그늘에서
산다면 지평을 가로막은 이 땅의 염원은 영원한 죄다

매화꽃 활짝 피운 3월에
시인 김영진

차 례

"백년의 잠 깨우다"를 출간하며 ··4

제1부 숲이 숨 쉬는 곳

12·· 흑요석의 창   수석(1) ··27

14·· 휴게소   수석(2) ··28

16·· 자연의 결   춘란 ··30

18·· 시월의 잔상   오호라 넘해여 ··32

19·· 첫눈   어판장 ··34

21·· 아지랑이 볕   일기예보 ··36

22·· 새해(1)   물 ··38

23·· 새해(2)   뚜벅이 ··40

24·· 친구(1)   해오라기 섬 ··42

25·· 친구(2)

제2부 백년의 잠

44·· 통일의 염원(1)

45·· 통일의 염원(2)

46·· 통일의 염원(상봉)

48·· 통일의 염원(서해교전)

49·· 통일의 염원(도약)

51·· 통일의 염원(대륙의 자본)

53·· 통일의 염원(염원은 죄다)

독도 ··54

백년의 잠(국치) ··55

백년의 잠(길고양이 눈) ··57

백년의 잠(위안부의 화살) ··59

백년의 잠(위안부의 기원) ··60

백년의 잠(순국) ··62

제3부 시인의 강

66 · · 중독의 세상

67 · · 중독의 세상(출구)

69 · · 저성장 그래프

70 · · 종속

72 · · 병동의 신음

74 · · 반문(1)

75 · · 반문(2)

76 · · 반문(3)

78 · · 맹주와 장자방

80 · · 물망둥어

81 · · 소통

대음번엔 맹물도 읋오 · ·82

침묵 · ·84

도시의 벽(1) · ·86

도시의 벽(2) · ·87

우리는 지금!(1) · ·89

우리는 지금!(2) · ·90

언덕에는 바람이 인다 · ·91

공분(1) · ·92

공분(2) · ·95

공분(3) · ·97

욕 · ·99

제4부 정글의 세상

102・・ 시가 시인이 뭐냐   월가(2) ・・117

103・・ 속설의 늪   감옥에는 가지 않는다 ・・119

106・・ 쉿!(1)   거기!? ・・121

107・・ 쉿!(2)   광우병 ・・123

108・・ 쉿!(3)   저어새 ・・124

110・・ 쉿!(4)   판도라 ・・125

112・・ 쉿!(5)   고추밭 풍경 ・・126

113・・ 쉿!(6)   필요악의 권리 ・・128

114・・ 쉿!(7)   아침이면 해가 뜬다 ・・131

115・・ 월가(1)   날마다 희망인 게 삶 ・・133

김영진 시인의 "백년의 잠 깨우다"를 읽고 ・・135

제1부
숲이 숨 쉬는 곳

자연풍광으로 숨 쉬는
안온한 숲

파릇파릇 돋은 여린 잎 웃머리에
탐스럽게 피운 이팝나무 꽃
오월의 노래 읊조리는 음 음!!

흑요석의 창

천문을 아로새긴 하늘 길 돌살촉을 꽂아
후손의 맥을 그렸다

곳간에선 지략으로 차린 풍성한 밥상, 하루의 사냥이 배를
불리고 어린병정놀이 한낮을 뛰놀던 안식의 터
동굴 벽에 아비와 견줄 날렵한 눈썰미의 표의, 시늉
문자를 알알이 채우는 동안
흑요석의 검은 눈이 비스듬히 서서 무리를 지켜왔다

간절한 눈빛의 곡에 이글거림에선 빛이 아렸다
더러는 치정살인의 종지부도 찍었을 검푸른 돌 흑요석의 창
휴화산의 뜸한 대 분노가
벌떡이다 멈춘 불덩이 채로 잠들어 있다

동굴 벽 표의가 별점을 찍은 발자취 거울이 되기까지
시공간을 넘은 견고한 자궁 안으로
처음과 영원의 비밀을 여는
땅의 암호를 찾아 하늘 닮은 아이를 잉태하였으니
천도千度의 고열을 다룬 아궁이
구름 띠 성문에 불 지피는 성녀의 혜안 되다

삶의 궤적을 깨운 돌촉의 선분에서 잡을 듯 놓은
죽음 너머로의 안녕을 손에서 손으로 내려 받은 검은 눈동자
수천 년을 뉘어도 맑은 눈을 뜬다

천문을 살핀 "혼천의"만원지폐에서 평온 속, 고요 깨어 있다

-천상열차분야지도 중에서-

휴게소

수평으로 뻗은 고속도로 곧은 불빛이 어둠을 뚫고
같은 시각 도로 위를 내달리는 굉음들이
서로를 넘나들지 않는 속도로
저마다의 목적지를 향해 달려가고 있다

침묵으로 지새우며 외곬 길을 내달린 심연의 위로 엎드려 자는
거인의 등걸 같은 산맥이 어둠의 표면을 점묘할 때 깨우지
않으려는 듯 차도 위 불빛들이 시야를 좁혀 그 옆을 지나고
달리는 속도감에 잠이 깬 가로수는 도미노로 스러진다

살아온 근간을 두고 떠나는 이방인의 질주에는
둥지를 벗어난 순간 견딜 수 없는 조바심이 그림자로 뒤따른다
어느 지점까지 달려온 것일까
일상의 영역에서 점차 멀어질 때 차라리 선명해진 초조한 희열

먼 곳 어딘가에 다른 위안이 있으리라 믿으며 - - -

아주, 나쁜 것만은 아니었을 기억조차 희미해지기로 한다
떠날 때 아쉬움을 되짚는 일은 떠나는 발길에 대한
예의가 아니므로 아껴오던 기억마저 주저 없이 밀어내고 있다

어느새 사물의 잠이 엷어진다

어둑한 풍광 뒤로 거대한 산맥을 흔들어 깨우는 아침의 전조가

상처처럼 붉어지면 새로운 모순은 어김없이 시작할 것이다

간밤에 잠든 기억의 보호막이 깨어나기 전에

과거로부터 멀어지는 새벽, 어느 지점의 휴게소를 지나고 있다

자연의 결

늦은 밤 속도감을 잊은 하행 길 등 뒤로 지나치는
거리의 불빛 눕고 누웠다

밤새 달려온 차창 밖
마구 날아든
불나방죽음이 애처로워 마음 한구석이 아리다

둥지를 떠난 조바심에 여행이란 말
수없이 뇌까리며 찾은
자연풍광으로 숨 쉬는 안온한 숲

파릇파릇 돋은 어린 잎 윗머리에
탐스럽게 피운 이팝나무 꽃
오월의 노래 읊조리는 음~ 음!!

자연의 결은 불안을 잠재우는 모성애와 같으니
초록빛에 물들고 안겨드는 여행지에
오두막을 짓고 질주의 본능 마감하고 싶었다

어젯밤 꽃별 여울목에 내려와 앙증맞게 춤추었고
눈길에 닿는 노랑제비꽃 꽃쥐손이
좀쥐손이 꽃이 짓누르던 조바심을 모두 지웠다

아쉬움을 두고 훌쩍 떠나온 질주와는 달리
꽃망울에 맺힌 아침이슬 빛 빛이 달라 보이는 순간이다

시월의 잔상

나보다 앞서 걷는 그림자와 아침이슬을 촉촉이
머금은 노랑들국화 소로, 오솔길을 걷고 있다

거미줄에 조롱조롱 빛난 이슬방울 간드러지고
오이풀 꽃 머리에 살포시 앉은
담색물잠자리 갸웃갸웃 눈웃음을 피우고 있었다

물웅덩이엔 잘방대는 물방개 자맥질이 예쁘고
물위에 뜬 소금쟁이 잰걸음이 예쁜
시월 한가운데
그리움도 영근 아릿한 잔상

나뭇잎 물든 허공에다 창하나 띄우면
손님 같은 부메랑이
붉은 가슴으로 노을 지고 있었다

문득, 후드득 떨어진 알밤 하나 주워들고
찡한 눈물이 주르륵 흐를 시월, 지난여름이 아득하다

첫눈

가을걷이 끝 무렵이었다
밥 짓는 저녁 굴뚝연기를 꼬드기는 하늬바람
나뭇잎 겨드랑을 파고들자
붉게 물들이고 타는
숨찬 당 단풍 으스스 소스라치고 있었다

민둥산 아랫마을 쪽으로 머리를 둔 북서풍 곤잠자는
억새밭을 넌지시 바라보다
세차게 휘몰아칠 높새바람 들깨우고 산막 골에
마실 나온 선들바람까지 껴안고는
어깨춤 으쓱거리며 산등성이를 넘어오고 있었다

잔바람을 모아 회오리로 일던 하늬바람
간간이 흝고 지나가는
건들바람 품에서 한바탕 놀아나고 있을 때이다

어디선가 차갑게 들려오는 소리에 마음마저
움츠리게 한 휑한 바다 너울지고
나뭇잎 우수수 떨어져 사락사락 구르는 소리 애잔하다

밤새, 싸락눈이라도 올 것만 같은 저녁
꽁꽁 얼어붙는 바람결에
군고구마 단내가 풀풀 날아
불 켜진 창가에 기웃기웃 닿을 즈음

흰 눈이 펄펄 날아와
봄동 푸성귀를 소복소복 솜이불로 덮어주고 있었다

아지랑이 별

움츠린 겨울 막 녹아내리고
꽃 몽우리 빨갛게 불거지고 크는 때이다

겨우내 얼고 녹은 졸가리 마디마디에
아지랑이 별이 감실감실 놀아주고

양지 골 묵정밭에 날아든 풀씨는 해작해작
쑥대밭 억새밭으로 눈뜨고 있을 때이다
꿀벌의 깃 소리에 실 눈뜨는 올 매화
앙증맞은 꽃망울마다 암수의 교태 흐드러지고 있었다

볏가리 노적가리 얽히고 헝클어진 논고랑 밭고랑에
처마자락 토방에 잡초들이 아우성을 치지만
도시로 떠난 친구와 객쩍은 우스갯소리 아련하다

골목 어귀를 돌아 덜그럭거리던 허리춤몽당연필
사립문 안으로 뛰어들면 겅중거리고 반겨준
삽살개 눈빛이 아른거리는 기억으로 마주치고 있었다

그리움은 가을에만 붉게 물들이고 타는 게 아니었다

새해 (1)

첫날의 새벽 박동이 철길 위 말발굽소리로 닮아온다
어제를 이어 달려갈 부풀리는 이음새
숫자로 기억된 마디를 끊고 떠오른 불덩이를 처음이라 부를
오늘만큼은
음지에도 따사로운 희망의 온기 부화중이다

잠이 덜 깬 물이랑에 쓸려 너울지는 불같은 파도
검은 표면위로 부챗살을 편다
밤새 뒤척거리다 쓰러져간 눈망울도
허공 속을 휘젓고 꿈속에서 쌓은 모래성도 가만가만 안겨든
햇살 앞에선 열병을 앓았던 가슴, 가슴시리다

지난 아픔은 사라지지 않아도 앞으로만 내딛고 맞이하는 새해
한때를 통증으로 여겨오던 기억들도 굳은살이 되어가고
누구도 자유하지 못한 날들을, 새롭게 서명하듯 덧씌우는 첫날

첫새벽 몽롱한 미소를 품고 눈뜨는 어둔 터널도 맥박이 뛴다
박동은 벅찬 속성을 지녔기에 고통을 물고 내달리는
억센 하루와 하루 머지않아 양지에 닿을 거라
믿으며 질끈 눈 감고 품어 안은 웃음 속 새아침 새 희망이다

새해 (2)

화~악! 불이 붙는다
섬 자락이
붉게 타오른다

지난해 시련 딛고
자분자분 솟는
햇 덩어리 활활 타오른다

오! 장엄하다
뭉텅
묻어나고
뚝뚝 떨어지는 불덩어리

가슴 가슴에
불붙이고
태울
우뚝 솟은 불멸의 새해

새
용솟음이
불끈, 솟구치고 뛴다

친구 (1)

여보 게 친구
막걸리나 한잔 들게나

오늘만은 온갖 시름 다 잊고 막걸리나 한잔 들게나
술이란 건 참 좋은 벗이야
가슴 밑 벽에 쌓인
흉금을 비울 수 있어서 좋고
넉넉하게 웃음 띤 정감이 있어서 좋고
날 가고 달 가는 해묵은 넋두리에 주거니 받거니
벽담을 허물면서
벌컥벌컥 넘어가는 막걸리
첫눈을 떠밀고 오느라고 헐떡거리는 겨울 녘
동해 해풍으로 구들구들 마른 알 갖은 양미리 뒤마리 굽고
몸도 마음도 발그스름 익는구나

마음을 나누어서 좋은 훈풍薰風이
이보다 더 있겠나

가슴이 후련해서 좋은 흉금胸襟이
이보다 더 있겠나

여보 게 친구
막걸리나 한잔 들게나~

친구 (2)

아침햇살이 빌딩 숲 유리창을 거슬러 엇 빛으로 다녀갈 때
저 빛은 어디서 오는 걸까
도시의 아침은 그런 습관으로 이끌리고 있었다

밤낮이 뒤바뀌는 요즘 숨 고를 새 없이 바쁘기도 하지만
해묵은 수첩을 정리하다 보면
멀어져간 친구들이 어김없이 떠오른다

친구란 열린 가슴으로 소통할 믿음이지만
징검다리 범주에선 보이지 않는 경쟁자로
자기중심에만 디딤돌을 놓고 창을 열었지

낯 익은 이름들이 빼곡해도 되돌아갈 수 없는 지금
친구들이 상처받은 서운한 감정은 없었을까
잊히기 쉬운 핑계들로 멀어지고 있는 건 아닐까

격 없이 말하고 생각 없이 지나온 건 아닌지
나만의 아집, 마음 쓸쓸이는 익었는지
모난 잇속은 삭았는지 되물음에 이른다

살다보면 열리는 가슴보다
닫아건 빗장이 늘어감으로

가끔, 친구들에게 빚진 마음은 없는지 돌아보는 거다
그렇다 자연스럽게
햇살이 머문 곳으로 머리를 끌었으므로 알맞은 변명이다

가파른 길엔 마음 둘 안온한 순풍이 없었기에
멀어져간 이름 친구야 라고 불러보고 싶다

수석 壽石(1)

사람은 세월 속에서 마음이 쓸리고 닳았기에
순간이동으로 멈춘 우직한 형상
눈 코 입을 닮은
태곳적 돌덩어리 사람보다 낫지는 않을까
상상을 모르는 귀티
사람 시늉하고 있는 저 모습 좀 보라
어중간히 허한 내 속을 알았는지 너털웃음을 짓고 있다
사람 같으면 호탕하게 생긴 영걸인데
아쉽게도 억수의 세월 뒤에 눈길 마주보고 있구나
옛말이라도 주고받듯 친근한 말 건네지만
그저 허허롭게 웃고 있을 뿐
웃음 머금은 표정이라서 뭐라고 나무랄 수도 없구나
때로, 어루만져주는 손길마저 머쓱해진 나
생뚱맞은 마음을 아는지 모르는지 아랑곳도 없구나

더러는 헤픈 웃음이 짓궂어도 언제나 환한 모습으로 반긴
그 얼굴 다시 한 번 쓸어본다

수석 壽石 (2)

귀때기는 너풀너풀
톡 불거진
머리 뿔
이마빼기에 솟았고
송곳니가
쑥 삐져나온 상판대기
언제 적 도깨비란 별명을 얻었는지 모르나
애꾸눈에 들창코라
참으로
해학이다

빨간 목젖에다
찌그러진 입
보면
볼수록
귀골이 으뜸인 게
방망이를 든
틀림없는 사천왕이다

매일보고
또 봐도

복 터지게 웃는다

나도
닮은 웃음
후련하게 웃는다
하하하 하

춘란 春蘭

솔숲 그루터기 주변이 환하게 빛났다
방긋 웃는 춘심이
황하 소심을 만난기라
꽃 이가 착시가 허는 맴보다
기냥 온 가심이
쿵쾅대는 방망구에
하마터면 기절할 뻔 한기라
누룻누룻 익은 화판에다 불그스레한 꽃잎이다
하얀 헛속이 앙중맞은 가시나

난蘭 봤다!
춘심이를 봤다!

마음속 쾌재 크게 외치고는
냉큼 머시메 잔뎅이다
들쳐 엎은 기라
꽁다리 쑤~욱 빠지게 보쌈 한기라
갈야부리 꽃대에 살포시 안아 핀
말갛고 뽀얀 웃음 춘심이 잠결 꿈결에도 흐뭇한

고년
고 예쁜 년

첫날밤에
신방新房 들었다!

＊ 갈야부리=약해보이다   ＊ 꽁다리=꽁지=엉덩이

- 경상도 지역방언(사투리)임

오호라 넘해여!

오호라 넘해여!
새 쭉 해쭉 엉구고 벙그는 샛질로
구불진 기팅이 배시기 돌라서
상등어리 홀랑 핸넌에 들 째
까꼬망 질 따라 올라가믄
갯내랑 골 내랑 콧구맹이 벨름벨름
왠 가심이 휑 허구나

이 낭구 즈 낭구 암룽 구리랑
꾀불꾀불 골고랑 질 따라
뵈리 암 햇 자락 올라서믄
갓 고랑 모실이 휑한 갱번 너메로
앵강망 겡치가 핸넌에 들 째
왠 가심은 쿵당쿵당 달갱이 모실에
봄 오구 꽃패면 올랑 강생이
애린 츠녀 가심에
울렁 실렁 젖 몽울로 패는구나

오호라 넘해여!
오시다 가시다
오호라 좋구낭 ~
오호라 좋구낭 ~ ~

* 달갱이 모실(나랑이 마을)은 남해의 여러 곳곳
  에 분포된 논다랑이와 마을군의 지칭임
- 위 글은 남해의 옛 방언(사투리) 항간의 자료
  와 억양을 발췌하였음

오호라 남해여! (해설문)

아름다운 남해여!
새 쭉 해쭉 새소리 반기는 샛길로
구부러진 모퉁이 살 짜기 돌아서
산봉우리 몽땅 한눈에 들어온
가파른 길 따라 올라가면
갯내에 골 내에 콧구멍이 벌름거린
온 가슴이 후련하구나

이 나무 저 나무 바위 숲 속을
꼬불꼬불한 골짜기 길 따라
보리 암 봉화대 올라서면
눈에든 마을이 훤한 바다 너머로
앵강만 경치가 한눈에 들어온
온 가슴은 쿵쾅쿵쾅 다랑이 마을에
봄 오고 꽃피면 뽕나무 오디가
어린 처녀 가슴에
물결치며 젖 몽우리 크는구나

오호라 남해여!
어서 오세요. 잘 가세요.
아름답구나 ~
아름답구나 ~ ~

어판장

쨍한 봄볕에 홍매 피듯 핀, 어판장 여수 댁
물메기 다섯 마리 헐값에 주겠다는
구수한 너스레가 익살스러워 좋았다

- 올개는 운수대통허여 뻑적지근 허랑께 -

야도 주고 쟈도 주믄 나가 남는 것이 읍써야
내도 장산께 쪼깨만 냉게 줘야~

비닐봉지에다 물메기를 주섬주섬 챙겨 넣을 즈음
눈 깜짝할 새, 괭이란 놈
옆에 둔 궤짝에서
큰 붕장어 한 마리 재빠르게 물고 달아난다

웜메야 눈뜬 넌 코베가야~
쟈 좀 봐야~
간뗑이가 벘써야~ 잉!
워째 쓰까?

놔야! 험서 신발짝을 집어 홰~액 던져버리곤
얼결에 쫓는 몸뻬바지 헐렁 펄렁 절름대고

콧김인지 홧김인지 가쁜 숨소린지 쫓다가 지쳤는지
남은 신발짝을 또 던지려는 참인데~

흠씬 놀랜 괭이란 놈 얼마나 급했던지
빈 궤짝 위로 펄쩍 뛰다 먹잇감을 놓친다

여수 댁이 축 늘어진 붕장어를 들고는
나가 아그들 멕일끼라 벨두로 산긴디
쟈가 믄저 묵을라고 했쓰야~
시상이 급나 브러야~ 잉!
캬악!
쥐겨 블랑께~

괭이란 놈 허끝을 씁쓸히 쓸어 입맛을 다시고는
힐끔힐끔 아쉬운 체 슬그머니 사라진다

깔깔 깔 배를 잡다
웜니!
지는 월매나 웃었든지 배창시가 꾀였당께~

그라야~
그릏케 웃겼쓰야 험서 눈을 흘겼다
내는 돌아옴서 입이 히죽히죽 귀에 걸렸다

일기예보

햇 마을 어귀라고 적힌 물표를 들고 택배직원이
우중충한 여우 빛 햇살을 배달 왔단다
장마철 우려는 태풍의 경로에 따라
화면 속 속보 차츰 격앙되고 다급해지는 목소리다

평소, 킬리만자로의 눈꽃이 풋 맛으로 깃든 아침이슬 빛
쨍쨍한 햇살을 품고 저녁노을까지 달려가야 할,
파라오 전설을 허리춤에 꿰찬 스핑크스가
땀 망울 뚝뚝 흘리고 뛰어오는 짭조름한 택배란다

한낮을 막 넘어설 쯤 배시시 웃음 띤 눈썹달이 성큼성큼
다가와 팔소매를 걷어쥐고 철마다 겪는 이상기온
꼼꼼히 살펴보겠다고 으름장을 놓는다

뻘겋게 내려쬐는 한낮의 불덩어리 불꼬리가 시꺼멓게
타오를 유해물질소각 시엔 먹장구름 끌어다가 천둥치는
우박으로 우당탕퉁탕 퍼붓고는 우르르 릉 쾅쾅
장대비로 흙탕물에 쓸려나갈 물벼락을 치겠단다

가끔, 노을빛을 잃은 첨병의 하루 긴장의 도가니에
빠져들고 국지성 물 폭탄을 만나는 날엔

퇴근의 자유, 밤샘으로 긴장하는 비상근무체제란다

끄물끄물 속 끓인 먹장구름 바람 든 역 구름을 만나면
떼 엥 뗑 울리는 에밀레종 요란하게 울었고 장마 통에
쓸려나간 초상집 곡소리가 쌍 그네를 뛰는, 어지럽게
널브러진 물벼락 현장에선 허망한 눈물이 핑그르르 돌아
서글픈 마음을 보내주는 생방송 속보란다

갖갖으로 어우 빛 노을 서산 등걸위에 걸터앉으면
긴장한 초주검에 털썩 주저앉고 싶은, 악성으로
감염된 전산 마비같이 테러범의 기호에 딱 들어맞을
마침표를 찍고는 피로감을 겪는단다

태풍이 지나간 빨~간 노을 아무런 아무 일도 없었듯이
어둠속으로 잠들고 별들이 반짝반짝 웃을 때
스르르 졸음이 찾아오면 아마, 삼사일 죽어서야 깬단다

해마다 겪는 자연재해
하늘이 높고 푸르러야 멈춘단다

물

사계절 흐르는 물은 안다
바람으로 구름으로 비로 생명으로 삶으로 절대의 희생으로

낮은 자세로
드넓은 흐름으로
생명이 되고 머리가 되고
꽃이 피는, 죽어서도 살아 부활임을 안다

물의 순환에서
물의 순종에서
물의 생존에서
물의 자유에서
살아있는 것은 모두 생명의 요람, 원천임을 안다

역할에 맞게
견제에 맞게
균형에 맞게
생명으로부터 생명의 몫을 안다

머리를 맞대고
바람을 껴안고

흐름과 흐름을 변화와 변화를 부정하지 않는다

한길 한곳으로 흐르는 생명의 진화
굽이치는 강, 출렁이는 바다
사람들은 오직, 흘러넘쳐야만 사물事物의 가치임을 안다

뚜벅이

새해 새아침을 맞아 봄으로 눈떠오는
희망에 찬 한강의 기적
강변 숲 속에 둥지 튼 지저귐이
아름답게 들려오는 사랑스러운 밀어

이 땅
이 땅의 평화요

명산의 분지 잠실벌의 웅지가
힘차게 울려 퍼지는 쇠 북소리의 복음
숨 가쁜 장구채에
어깨춤을 덩실덩실 추는
한국건강걷기연합 뚜벅이의 향연

이 시대
이 시대를 빛냄이요

손에 손을 쥔 햇불이여!
환하게 웃음 띤 금세기 릴레이어!

인종의 벽을 넘어
지구촌의 봉화
그 어디이든 불을 지펴라

행복위한 건강지킴이 걷자! 걷자! 걷자!!

* 위 글은 한국건강걷기연합 창립기념식의 헌시임

해오라기 섬

아침을 맞은 그녀의 가슴에는
섬 하나가 살고 있었다

거친 물이랑이 일어도
외발로 서 있는 해오라기 섬이었다

물빛에 어린 생글생글한 볼우물이 걸어 나오고
웅얼거리는 강변 가요제 바닷새가 걸어 나오는

때로, 높낮이의 곡선이 펄펄 끓어도
고요로 운 미소
그윽한 눈빛으로 아우르고 있었다

낱알이 머리 숙인 계절
가을이라 부를
자애로운 모습으로 마주보고 있었다

세찬 물이랑이 굽이쳐도
노을빛 등에 업은
외발로 서 있는 해오라기 섬이었다

제2부
백년의 잠

아물지 못하는 상처를 딛고
운다, 속울음을 운다
절규마저 사치였을 욕정 받이로
갈기갈기 찢긴 먹먹한 가슴
핥고 간 흔적이 삭아 들기 전에……

통일의 염원 (1)

누구라도 좋을 열려올 문이라면
가깝고도 멀고
멀고도 가까운 길
초병의 경계 풀려오라

누구라도 좋을 오고갈 길이라면
힘찬 발걸음
달리고 달려 나가
가로막은 지평 깨워오라

누구라도 좋을 기뻐할 강이라면
북녘만 바라봐도
흐르고 흐른
情다운 강 뜨겁게 흘러오라

누구라도 좋을 하나 될 문이라면
열리고 열린
하나 된 가슴으로
온전한 미래 손잡고 열려오라

통일의 염원 (2)

마른 냇가 모난 돌들도 궁굴어 동그랗고
훑고 쓸어간 태풍 뒤에도
초목은 우거지는데
해묵은 벽 언제쯤이나 헐리려나

한 세기를 치달아온 다시없을 금단의 성,
머리 빛이 하얀 몽니여
염원 속을 흘러온 눈물바다여
마음 죄고 오금 저린 강 언제쯤이나 건너려나

이젠 외마디의 상흔 딛고 일어서 주오
숨차게 달려온 길 손잡고 우뚝 서주오

굶주림을 모르는 시대와 전장을 모르는 세대여
벽으로만 보고 늪으로만 믿는 굳어가는 절규여

염원의 죄명 부디 거두어 주오
오롯이 축복의 문 열어와 주오

천혜의 빙하마저 문명의 강으로 흐르는 때
대서사시의 염원 동족의 품에 안겨와 주오

통일의 염원 (상봉)

어머니의 어머니가 아버지의 아버지가
딸이 아들이 가슴 미어지고 있었다

잠 못 이루고 설렘으로 지새운 만남의 전야
할 말을 잃고 눈물만이 흐르는 상봉의 순간

멍울 진 응어리 풀어내고 있었다
옹이진 설움을 토해내고 있었다

살아 만나리란 염원으로
살아 만나리란 믿음으로

아직, 끝나지 않은 생사의 간극을
아직, 끝나지 않은 전장의 말미에

더는 기다릴 수 없이
더는 참아낼 수 없이

지팡이를 짚고 목발을 딛고 휠체어를 타고
등이 허리가 무릎마저 굽은 노구를 이끌고

복받쳐 우는 상봉이어!
목이 메는 울음바다어!

머릿속에 남아 그리워만 할 슬픔이여
가슴속에 품고 흘러야만 할 눈물이여

오!
외마디의 절규!
한 결 같이 부르는 노래어~ 노래어!!

통일의 염원 (서해고전)

3차원 자원을 고용의 돌파구로 찾는 시대에
펑! 펑! 공포의 구름 띠 뭉실뭉실 피는
연안경비정 뱃머리가 분주했다

투루루 룩 투루루 룩 기관포총탄은 적과 적의
가슴에 소리보다 먼저 날아들고 날아갔다

뚜~ 욱, 숨소리가 멎어버린 침묵을 깬 참사였다
전우의 죽음 순식간에 몸 바친 제물이 되었고
병상에서 듣는 잃는 소리 전선을 지킨 평화였다

아!
침탈을 겪고 참상을 겪는 분단의 고리
누가 이 분쟁의 턱을 없애리오

동족의 눈에 죽고 죽는 염원의 족쇄
누가 이 공멸의 사슬 끊으리오

총부리가 나를 겨누고 당신을 겨눈
누가 이 피 비린 역사 끝내리오

누가 이 전장의 말미 끝내고 끝내리오!!

통일의 염원 (序曲)

빛과 그림자의 명암 새로써야 할 아침의 나라
금세기의 식민지는 분단이다

묻고 되물어도 낯 뜨거운 선홍빛 곡소리다
염원의 족쇄로 기약 없이 흘러온 세월이다

고요뿐인 이 밤도 평온을 경계서는 땅
자유롭다 해도 자유로울 수 없는
평화롭다 해도 평화로울 수 없는
온 가슴에 총부리를 겨눠온 민족사다

운신할 표정조차 맹종의 끄나풀로 종속을
외치다가 죽어갈 망념의 사상思想
내면에 간직하고 사는 한 자멸일 뿐이다

젊은 초병이 대물림 받은 분단을 두고는 고통과
슬픔으로 유린된 그 발자취 벗어날 수 없다

급변의 시류에도 맞서고 부딪치고 강제하는 비애
반인륜적인 양분의 길 끝내야 할 식민지다

막장의 탈을 쓴 두 얼굴이여
소통은 길이다
자유롭게 오고갈 휴전선 불사르라

몸 바치고 죽은 넋을 위해
대동맥이 흐를 여망, 지금이 도약이다

통일의 염원 (대륙의 자본)

신세기에 들어 잠을 깬 13억의 진로進路 대륙을 이끌어갈
신 실크로드의 역사는 새로 쓰어 지고 있다

인류생존에 미칠 가공할 셈, 새로운 물줄기는 자본자원이다
대륙의 자본은 설계된 고용입안으로 국경을 초월한
전 세계의 등 뒤에서 경제흐름을 조율하고 있는 때이다

마오쩌둥의 개혁개방은 불로장생을 찾는 13억의 응집으로
자본자원을 앞세운 지구촌 구석구석에서
칼자루를 쥔 패권의 저울질은 서구문명의 뜰에 들어서 있다

나날이 양질의 성장을 넘어보고 압도적으로 점선을 긋는
대륙의 불랙홀, 돈 되는 자원은 모두 빨아들이고 있다
현실을 직시하고도 대안 없이 잠들어온 정쟁의 늪에는
노동시장이 성장기반을 잃어버린 청춘의 미래 암담하다

　　우리는 통일을 염원하던 시대는 지났다
　　보수와 진보의 목소리도 낡은 궤변이다

분쟁으로 얼룩진 휴전선 종지부를 찍을 한계에 와 있다
동, 서양이 접점을 잇는 교두보로
생존의 문을 연 다윗과 골리앗의 지혜로

염원의 죄 청산하고 써나갈 대서사시의 도약으로
남북이 하나 되어도
대륙의 간섭에선 이대로의 생존은 요원하다

통일은 어느 개인의 잇속으로 돌아오는 탐욕이 아니다
자유롭게 만나야할 필연의 시대 지금인 것이다
고령사회에 접어들고 경제여력이 쇠약할수록
자본자원은 국경을 넘어 한입에 삼켜버리고도 남을 괴력의
존재로 이미, 유럽의 안방에서 경제패권을 틀어쥐고 있다

또다시 속국의 역사를 쓰지 않으려면 통일의 길목에 놓인
국경 없는 자본을 경계해야 한다
슈퍼차이나의 신 실크로드 점차, 자본권력으로 지배될 때
패권쟁취는 더욱 더 치열할 수밖에 없으므로
한반도의 운명은 다시 진단해야할 기로에 서 있는 것이다

대륙은 간섭의식을 진정으로 배제하지 않는다
통일주권이 우리의 생존이기 때문이다
열강의 실리에서 양분된 염원의 죄
광복 70년을 우려먹은 정신이반이여 깨어라 깨어나라!!

통일의 염원 (염원은 죄다)

통일로 가는 길 염원은 생의 목숨보다 질기다
풀리지 않는 매듭보다 흐르지 않는 강이다

철벽 앞에 저당 잡힌 잠자리가 부끄럽고
수면 중에 꿈꾸는 내일이 부끄럽고
박물관유물처럼 앵무새를 닮은 내가 부끄럽다

염원 속 타인으로 뿌리 없이 크는 질시어
바람 앞에 선 나그네와
점등 앞에 선 목소리와
길 없는 길에서 염원의 실종 너무 길었다

저울 위에 놓인 중심선이 어느 한쪽으로
기울어진다고 해도 저울추 없는 염원은 죄다

멍에를 벗고 실종을 딛고 돌아오라
푸르른 새싹이 떡잎으로 시들기 전에……

독도

마른하늘 날벼락에 죽어 마땅한 놈
주둥이로 육(肉)실하다 지탄받아 객사할 놈

남의 영토나 욕심내는 골빈 머리통에
구멍을 숭숭 뚫어야 골이 차려나
병종의 눈알 한 꺼풀 벗겨내야 식별을 가늠하려나
귓구멍을 삽 들고 후벼 파야 알아들으려나

입이라곤 흐르다가 막힌 수챗구멍 같은
말이라곤 똥오줌 뭉개놓은 말 망아지 같은

죄 값으로 흔들리는 섬이라면 한걸음에
달려와 귀화를 할 것이지 때 없이
들쑤시는 망언의 족속, 긴 칼 찬 학익진을 잊었더냐

내, 더러워진 입담 앞에 개나 돼지나 오랑우탄 닮은
벌름거리는 낯 반대기로 거울 속을 가르치려하느냐

한줌 재로 망했던 그대들 미래, 진정 걱정이로구나

백년의 잠(국치)

"한국 황제 폐하는 한국정부에 관한 일체의 통치권을
완전하고도 영구히 일본 황제폐하에게 양여함"
1910년 8월 29일 공표된 한일 병합조약 제1조이다

망국노亡國奴의 국치, 36년의 염원 "독립"광복으로
평화공존을 앞세우고 살지만 간계의 역심 여전하다

대한독립 만세! 만세! 만세!!
해마다 만세 삼창으로 희생의 주역 우러렀어도
나는 순국선열의 항거에 조금 전 깨어났다

당시에도 염원 중의 염원은 독립이다
지금도 닮은 염원은 통일이란 점이다

자연재앙 쓰나미가 삶의 평온을 한순간에 쓸어갔어도
영토침탈을 당연하게 말하는 전몰의 종마,
히로히또 항복을 치욕으로 갈등하는 점 암울하다

반인륜적인 테러, 두 얼굴을 지닌 국수주의여
간계의 목소리 드높여도 자존 없이는
파렴치한 극우세력 역사 앞에 죽을 것이다

이중주의 음모와 날선 발톱으로
밀고 당기는 농간의 잣대
어깃장 병폐에도 혈류의 강은 흐른다

붉은 악마가 그러하고
꿈의 전사가 그러하고
두 번은 식지 않을 민족의 아픔 그러하다

맨손으로 일어선 지각변동이 두렵다고 하여 수면 위로
떠오른 비겁하고 야만적인 술수가 돌파구라면
그대들 망언, 국치의 원혼 앞에 부복하라! 부복하라!!

백년의 잠 (길고양이 눈)

울컥! 치밀고 올라오다 목이 메는 속, 부글부글 끓는
역겨움이 일다 100년의 잠 들깨우는 흉통에 든다

잡된 목소리 말고 이명처럼 듣는 간살 말고 뿌리 없이 키운
어깃장 말고 물고 뜯는 전몰의 종마 음흉하다
통석痛惜의 염念
그 어록까지 짓밟고 부정하는 몰이 배 간악한 추앙을 본다

간에 붙다 쓸개에 붙다 병종에 이르다 피 비린 강을 흘는
망언의 족속, 마귀나 도깨비나 귀신 앞으로 저승길
명부에다 응징 받을 물표를 쓰겠다

추앙은 재앙이다
속죄할 마음 허공에 두고 두려움에 깃든 만삭의 어미,
빙의로 본 부적하나 붙이겠다

친구로 볼 수 없고 이웃으로 둘 수 없는 폐족廢族
몰락을 겪고도 무의식에 든 망종亡種을 본다
100년의 잠 틈만 비집고 흘깃거리고 찾는
길고양이 눈, 눈 부라리고 찾을 쥐구멍은 없다

그대들 만행 감추고 포장해도 속죄할 상처 곪아갈 것이다

＊ 통석의 념, 일본 천황과 총리가 사죄한 공식문서

백년의 잠 (위안부의 화살)

아물지 못하는 상처를 딛고
운다, 속울음을 운다
절규마저 사치였을 욕정 받이로
갈기갈기 찢긴 먹먹한 가슴
핥고 간 흔적이 삭아들기 전에

경멸의 눈으로
사죄 받을 목숨으로

지옥보다 처절하게 맺힌 수치심, 평생을 겪는 밤의 악몽에서
울부짖다 깨어나면 도둑맞은 자존감을 찾으려고
눈물로 쟁여둔 화살, 활시위를 당긴다

하늘만 우러른 어린 꽃 가슴에 스멀스멀 기어든 국수주의
먼저가신 원혼의 화살 이미, 날아들고 있을 것이다

백년의 잠 (위안부의 기원)

우물 안 파고 36년의 국치 앞에 치밀한 야욕 집요하다
조롱뿐인 왜곡 잊지 마라
그대들 후손, 부끄러운 짐 짊어질 것이다

아우내장터 그 의기는 죽어서도 항거했을 넋이고 미래다
전선의 총알받이로 몸 받치고 죽은 젊은 병사와
목숨만을 담보한 알몸의 위안부 잊지 마라
오늘을 사는 퇴색의 역사성에 머리를 조아린다

밤마다 빛이 아린 악몽을 꿔도 죽을 수 없는 절규에서
봇짐하나 껴안은 채 전장전야에 풀잎처럼 누웠고
상처보다 질긴 몸서리와도 서글픈 눈물 메마르고 없다

꽃다운 삶,
천상에 들었다 하여 흉악한 망언 잊힐 리 있는가
뼛속에 맺힌 울분의 증오 삭을 리 있는가

짓밟고 빼앗은 종마 들어라
역사를 부정한 족속 들어라

휴화산분화구에 불붙이고 태울 마그마의 위용으로
섬 자락 가라앉고 온 도시가 뒤엎어질 종말이 와도
그대들보는 한 서린 눈빛 끝없을 저주고 기원이다

전몰의 종마 들어라
죽어서도 살아 몸부림칠
혼백의 발아래 끝내, 꿇어앉을 것이다

백년의 잠 _(순국)

100년 전의 유물 거꾸로 세워놓고 물구나무자세로
핏물이 도랑물 흐르듯이 흘러 산화해간
형장의 넋을 보고 있다

나는 100년 전에 죽었고 조금 전 깨어났다
떠도는 무명열사의 원혼마저 부활해야 할 갈림길에 서 있다

제국주의가 깨어나고
제국주의 망령이 깨어나고
널름거린 뱀의 헛바닥이 깨어나고
용서 못할 망언이 깨어나고
화해 못할 순국선열이 깨어나고
호국정신이 들불처럼 일어갈 불멸의 미래 깨어나고 있다

잠시도 잊어서는 안 될
핏빛 제국주의 만행 아비규환이다 마지막 숨을 거두는 처절한
순간마다 아우성치는 절규였다
소의 여물 베듯 작두날에서 목이 잘려나가고
붕 그런 여인의 앞가슴 시퍼런 칼을 받아
피바람 솟구치고 흩뿌려진 영토, 36년의 국치다
지금도 비명에 간 원혼의 숨소리 귓전에서 쟁쟁하게 운다

저! 저 소리다
간계의 칼끝에서 피 터지는 소리다
칼 받은 젖무덤의 피가 콸콸 콸 쏟아지는 소리다
구멍 숭숭한 심장으로 헛바람이 넘나드는 소리다
머리가 하늘을 날아 땅바닥으로 나뒹구는 소리다
미처 눈감지 못한 숨소리마저도 앗아가는 소리다
물구덩이에 산채로 몰아넣고 숨 쉬는 자 죽창으로
짓 찌르고 둥둥 떠오른 시체 두 번 죽인 수장이다

그대 잊었는가
몸서리친 36년의 대학살을 - - -
어느 만행, 어느 전장이 이처럼 잔인할까

제국주의 망령 앞에 어금니를 갈던 소리, 산천을 내주고
목숨까지 내준 비명에 간 순국을 잊었는가
결코, 잊을 수가 있었는가

비문 없이 잠든 선열 앞에 머리를 조아리고
100년의 잠 깨우리라! 깨우리라!!

* 위 글은 영토침탈 36년의 비극, 무명위인들의 참상이며 외국 선교사의
   유품과 사진 중에서 발췌한 글임.

제3부
시인의 강

흔히,
눈멀거나
귀머거리거나
반벙어리로 살거나
자연스럽게 어우러지고
쉽게 잊어버리고야 마는 반문의 삶

중독의 세상

동공이 풀려가는 몰입의 공간에서 깨알 같은 언어가
굼실굼실 살아 행과 행간을 다루는 트위터 열풍은
심층을 꿰고 내달린 기계문명의 제물이 된 스릴러다

높고 낮음도 내안의 통로도 바람과 바람꽃도
무한궤도를 돌고 도는
나침반병렬까지도 끈끈한
점액질에 묶인 조롱조롱한 무중력행성이다

한껏 부풀어 오르다가 익명으로 마주앉은 채팅도
정보든 오보든 상생할 신비도
접속, 접속으로 빚은 타는 속마음 절대와도 같다

밤낮을 경계 잃은 혼곤했을 잠도 짜릿한 전율에서 온
긴장감의 반전도 얻고도 잃는, 속도감을 인지 못할
손에든 화면 속에 살고 있다

한순간도 눈 뗄 수없이 시공을 넘나드는 4G,
(SNS, social network service)
벽과 벽이 된 세대와 세대차, 갈등을 망라한 최면술사다

중독의 세상 (출구)

누리 꾼 세계와 민감하게 만나는 다채로운 접속의 창
문명의 이기에 혼탁해도 가감 없이 담아낼 트위터
유대감을 묻는 표현이고 소통이고 존재감의 발현이다

그림자의 모습까지 낱낱이 가늠되는 gps 세상에
단추 구멍 눈으로 천체에 닿았으나
간극 없이 두 두리고 목마르게 찾는 건 출구다

사람 사는 애환을 마음속에 키우지만
간섭에서 멀어져간 표현의 자유
사소한 일상부터 병반에 든 해이까지

보약도 먹다보면 독을 키운 환자가 되고
칼날을 갈다보면 칼자루도 칼날이 된다

물이, 역순으로 넘쳐오는 멀티미디어의 독보적인진화
감성의 끝자락에 닿고
무작위로 파혜처질 스펙트럼spectrum
다차원영역에서 중독으로 지배될 제물은 사람이다

인간의 지능을 꿰고 빈틈없이 복제하고 태동할 가상융합
작가의 의중마저 대필해갈, 몰염치 몰상식을 넘어
두려움을 동반한 의식의 존폐 불러오고 있다

전장보다 앞서가는 컴 바다의 해적이 밤낮없이
방호벽을 뚫고 삽시간에
기생하는 이티즌 파밍etizen pharming
이미, 속속들이 노출된 존재감의 함몰에 권태롭다

환상으로 꿈꿔온 밀레니엄 포도청문턱이 닳고 닳은
세기말부패 잠재울 수 없고 상용할 캐릭터엔
실시간으로 암약해온 바이러스의 눈빛 동행중이다

평소, 스마트한 편리에서 가상세계와 만날 공멸의 사슬
구원될 수 있을까 반문이라면 아직은
흐르는 강에 함께 흐를 출구, 자연주의로 돌아서고 싶다

저성장 그래프

시장경제는 차츰 암묵적으로 시들어들고 일자리창출은
철새와도 같은
해적자본의 횡포에서 길드는 중이다

자본잠식에 밝은 기업사냥꾼이 금권의 위력을 우회적으로
보여준 노동의 갈취 독과점에 이르렀고
직업의 실종이 늘어가도 새로운 도전은 침묵한지 오래다

해적자본으로 춤추는 그래프, 쇠약한 인본주의 탐닉에
집요하고 예속의 그늘에서 잠자는 노동쟁의
성찰 없는 교섭으로 사생활범주까지 지배받고 있다

맨주먹으로 일궈낸 시장경제 어디로 갈 것인가
최후의 보루 생존자원은 있는 것인가

침체된 경제 회복할 전조 없이 일자리수혜는 흥정할 대상으로
내몰리고 빚더미에 앉은 팔팔한 수요가 넘쳐나도
일으켜 세울 저성장공방은 잠들어 있다

민생은 힘없는 무당파
88만원 수혜마저 방목의 뜰에서 허기지고 있다

종속 從屬

외길, 길목마다 덫을 놓고 와자지껄하다
올가미를 씌울 밀렵꾼 히스테리hysterie
부글부글 속앓이만 끓이다 젊은 꿈 해적 아가리에 넣겠다

평온 속 자유 음산한 기운 감돌거나
썩은 관리 세균처럼 득실거리거나
죄와 죄인의 탐욕 헐값을 치루거나
돌고 돌아가는 고리대금장사만 춤을 추거나
땀 망울로 달려온 궤적, 창업은 여행을 떠났거나
애꿎은 공장들 폐업에 이르거나
취업의 문 굳게 닫아걸었거나
젊은 지성 청춘을 담보했거나
암담한 세상사에 목숨을 던지거나
널뛰다 지친경제 땅바닥에 누웠거나
청문회의 단골 모르쇠가 병종에 이르렀거나
다투고 쌈싸우고 아우성치는 욕 담이
칼보다 날카로운 원성으로 하늘을 찌르거나 해도

눈비비고 볼, 귀 후비고 들어줄 경멸 앞에
코 걸고 귀 걸고 목을 죄는 민생의 실종,
훤히 꿰뚫고도 뒷북치는 목소리 잔인하다

밥 짓다 죽 쑤고 죽 끓이다 쪽박 깨는 패거리와 연대와
시종도가니가 양극을 종속從屬으로 이끌어온 볼 모,
강도가 따로 없고 도적놈이 따로 없는 평등의 갈취 방종이다

병동의 신음

인간은 숲을 나무를 동물을 길들였지만 자연은 변이종의
숙주로 인간에게 테러하고 있다

숲의 본질은 인간의 도움이 필요 없어도
도끼로 찍어왔고 톱으로 쓸어냈다
아름다운 풍경이 앙증스러운 꽃이 한 컷의 피사체로
한 폭의 그림으로 집안에서 살고 있다

지구촌동물들은 숲을 찾아 생존을 찾아
길들어지는 목숨으로 연명해 왔고
인간은 눈속임이 현란한 마술사의 솜씨로
끊임없이 침탈하고 접목하고 복제하고 있다

생명이 생명을 빼앗는
물질의 도구로
소모품의 전유물로
동식물은 모두 종족보존의 의식이 변해가고 있다

인간의 유전자원 머리만을 믿는 동안
자연생존은 공포로 다가왔고
질병의 진화에서 부존자원마저 고갈되는 위기이다

- 무엇으로 질병을 벗어나고 공존이 생존할까 -

인간에게 다가온 에이즈, 사스, 조류독감, 신종 플루, 에볼라,
그밖에 얼마나 많은 바이러스가 등장해야
자연재앙으로부터 의식을 되찾을까

우린 병동의 신음이 날로 늘어만 가는 불치병의 안착으로
두려움을 동반한 무한영달에서 무너뜨리고 얻은
대자연의 분노 앞에 구경꾼 얼굴로 마주보고 있다

반문 反問(1)

마음이 무겁고 몸이 무거울 때 욕탕에
들어앉아 묵은 때를 벗어보라

앞서려고 달려온 길 구린 때에 절었는지
해마다 뼛속으로 차오른 나잇살을 돌아보라

살다보면 남모르게 속 끓이고 지친 멍든 가슴
눈 녹을 봄맞이로 맞아보라

젊으나 늙으나 탐욕으로 찌든 내면의 때
변수 꼼수에 집착해도
넋 두고 발가벗을 허상 속 볼 모이다

사람 사는 일상은 마주보고 기대고 쌈싸워야 없는 정도 맺는 것
그러나 현실보다 앞서가는
울컥하는 세상사 꿀꺽하는 마음으로

물 흐르듯
바람 지나가듯
차분한 마음 눈떠보라

반문 反問(2)

삶! 어느 쯤의 미로일까

불멸의 생명, 물일까

생멸의 덫, 불일까

피조물의 섭리, 바람일까

물과 불과 바람과 혼돈의 상생일까

사계절 꽃, 순리일까

암수의 생리, 탐욕일까

자연주의일까

자연주의 생태일까

신 자연주의와 친, 머슴일까

신 존속주의와 탈, 노예일까

신 물신주의와 종, 인생사일까

반, 반쯤에 속한 불가분의 생존일까

인위적으로 뭉뚱그려지는 종교와 이념과 분쟁의 늪

문명 속 함몰에서 존재감마저 허물고 산다

샴쌍둥이 어디까지가 허상虛像일까?

반문 反問(3)

아! 저 소리
손뼉치고 발뺌하는 소리
지켜낼 양심마저 무너지는 소리

아! 저 소리
소리 소리가 바람 빠지는 틈에
먹장구름 부딪치는 소리

아! 저 소리
철없이 뱉 없이 상생 없이
젊은 꿈 목을 죄고 등쳐먹는 소리

까르르 웃는 아이들 웃음소리
웃음 속을 우는 속울음소리
코골고 잠든 숨소리 말고는 허튼소리에

하얗게 바랬거나
까맣게 찌들었거나
예쁘게 포장되었거나
참말의 씨가 거짓말의 종자거나
거짓말에 거짓말을 덧대거나

거짓말 사막에서 늪을 만났거나
거짓말 난장에서 흥정을 하거나
거짓말의 수치심을 싹둑, 성형했거나

흔히,
눈멀거나
귀머거리거나
반벙어리로 살거나
자연스럽게 어우러지고
쉽게 잊어버리고야 마는 반문의 삶,
어느 정점일까?
어느 행성이 구설수口舌數의 종말일까?

맹주와 장자방

맹주의 공약은 여염집 목로에서 건배의 잔을 들고
권주歌를 부르는 가성이 아니다

옳다 그르다 남다르다 말하지만 속고 속아온
선순환 물고랑에 상생할 봇물 흐르지 않았다

번번이 변종의 눈동자에 익은
옹립의 선상에서
사악해져야 사는 동반의 키스

사과나무 열매가 흔들리지 않고
발갛게 익어갈 수 있을까
의문인 거다

뼈를 깎아 상생에 이른다던 그 말
저잣거리에 나붙다
떼어내면 그만인 벽보와도 닮은 그 말

망나니의 칼날이 무뎌진 틈에 법망을 우려먹은 죄
때마다 잦아든 목소리 들깨웠고 트위터 뭇매가
거미줄로 엮어낸 쇠고랑 찬 동영상을 본다

법망을 통정으로 믿는 허구의 비리, 낱낱이 캐묻고
속 속을 후벼 파낸 구정물세태에선
혈세를 등쳐먹은 화면 속 논쟁 치열하다

달변의 장자방 동승행보에서 감추고 잠재우고
은폐해도 되살아난 입소문날개는 훨훨 날아
비난만이 들끓어온 손가락질 끝, 단두대에 서곤 했다

눈뜨면 혈세로 얼룩져온 구정물세태
어디까지 흘러가야 심장의 박동 바로 뛸까?

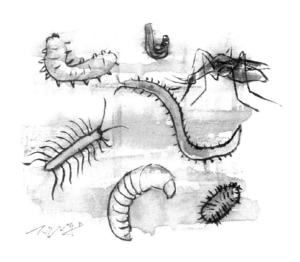

물망둥어

눈보라가 휘몰아친 몇 년 전 밤이었다
빛 좋은 개살구 속맛이나 거들지
쓸개 빠진 너스레 밤새는 줄 모르고 입방아를 찧는구나

밀담이 소통하고 비리와 청탁으로 연대하는 부패
썩은 점조직을 두고
돌려막을 빚잔치를 두고
빚 얻어 성장할 공약이면 구정물이 맑으려나

　　　- 빚보다 무서운 건 불평등 -

초심이라 강성해도 몇 해 흘러 시들었던 과거처럼
민심 잃을 삭풍이면 맹비난을 어쩌려나

장자방체면으로 평소지론 이웃 돕고 무인도서 친정하지
아수라장훈수라서 꿈에 들까 우려구나

온 동네가 시끄러운 으뜸이란 입방아
안개 속 여명이라 물망둥어 끝 모르게 뛰는구나

소통

소통은 말 많은 존중이다
단맛 쓴맛 떨떠름 맛
우리고 달여 곰삭아라

세상 시끄러운
말말 말!!
한 솥에 끓이는 게 보약이다

대음번엔 맹물로 읊오

안 맛도 말구 올케 살쿠자 모이자커니
안 헐 맬로 뱃대지가 겉 부른지
베락에서 간내 묵고 암시롱 씨부린다

소 꼬랑이로 빠마대기 맞은 꼬라지나
삼베 잠뱅이서 방귀뀌는 앞젬이나
겡지엔 문딩이 놈 지랄병 용천허대끼

믄주가 몬재가
믄생이 몬재가

글쿠 멍커댕이만 홰~액 잽어댕기뿔고
버르쟁인 포리대가리 맹큼도 읎은 게

기둥 뿌랭이 썩는 줄도 모를 욕 태백이
앵 간이 어구치고 엉거뿔지

뉘 붙은데 좀 붙은 놈
뚱구녕으로 호박씨만 까는 놈

대음번에 앵겨 들믄
비짜리로 싹싹 씰어 뻘기다

* 위 글은 남해의 방언(사투리)으로 항간의 언어 중 억양을 발췌하였고 간혹 순천지역 방언이 혼용되고 있음.

다음번엔 땡물도 없소 (해설문)

아무 말 말고 올바르게 살자고 만나자는데
안 할 말로 배고픈 걸 모르는지
벼룩에서 간 내먹고 알면서도 입씨름이다

소꼬리에 뺨따귀 맞은 꼬락서니나
삼베바지입고 방귀뀌는 앞잡이나
경제엔 미친놈이 지랄병 발광하듯이

민주가 먼저인 가
민생이 먼저인 가

그렇게 머리채만 홰~ 액 잡아당겨버리고
버르장머리 파리머리만큼도 없는데

기둥뿌리 썩는 줄도 모르는 욕 태백이
어지간히 고집피우고 만나 풀지

아부 뒤에 줄서는 놈
뒷구멍으로 호박씨만 까는 놈

다음번에 표 달라면 빗자루로 싹싹 쓸어버리겠다

침묵

좌로 빙글빙글 돌다보면
우로 넘어지고요

우로 빙글빙글 돌다보면
좌로 넘어지지요

중심선을 떠난 몸부림을 아십니까?
어지럼증 멀미 시달림을 아십니까?

논쟁의 끝에서
공멸의 길목에서
어디로 바쁘게만 가십니까?

외길, 외길을 두고
편과 편 가름을 두고
어디로 바쁘게만 가십니까?

멀어져가는 소통疏通을 끌고
굳어져가는 불통不通을 끌고
어디로 바쁘게만 가십니까?

물빛위에 비춰진 초췌한 모습을 아십니까?
눈빛 속에서 감춰지는 박탈감을 아십니까?

누구와 누구의 책임을 묻지 않습니다
그저 침묵으로 달려온 길 되돌아볼 뿐입니다

도시의 벽 (1)

도시는 소리 소리가 멈추지 않는 벽이다
풋내 물씬한 남루에서
머릿속이 하얀 조바심만 화려하다

은둔의 늪과 꿈으로만 꿈꾸는 잠과
얻으려다 잃은 아귀다툼과
옳고 그름이 존재 없는 아집과
고통과 슬픔과 상처만이 남은 흔적과
거짓과 위선과 요염으로 점철되는 사악함과
붉은 등이 점멸되는 계층 간의 틈과
불신으로 일그러진 현실과
평등을 부르짖다 갈등만을 빚어낸 모순과
물신주의로 키워낸 몰염치한 패륜과
민감하게 뒤흔들어갈 세대차의 팽배까지

혼돈을 딛고 나아갈 몰입 직업에 있으나
구직의 길목은 바늘구멍 같아서 마음문턱을 낮추지만
줄고 줄어드는 일자리의 수렁은 깊어만 가고

재직의 입지도 저울질함량으로 다뤄가는 근로환경
살아남아야할 도시의 벽은 높아만 간다

도시의 벽 (2)

도시는 소리 소리가 허공 속을 휘젓는 외침이다
타인은 존재 없이
목소리만 키워가는 파발마와 같다

눈빛에 서린 청춘의 미래 볼모로 사로잡고
성장기반을 노동비용에서 찾는
기업의 횡포는 나날이 살진 거대권력이다

정보공유의 융합, 순간 차의 변화에도 양보 없이
기득권을 지키려는 물신주의
성장 동력을 잃어버린 경종으로 본다

새로운 문화, 새로운 편리에 스마트혁명을 접목해도
소비수요가 멈춰가는 조짐은
자본의 반로 무너지고 있는 현상이다

독과점 물가만이 가파르게 치솟을 복지부동
복병으로 돌아올 시장경제는
잠정적으로 떠안아갈 실업을 예고 받고

투자할 시기와 기업정신을 땅바닥에 늘어놓고도

노동의 몫을 가로채는 고용이라면
팔팔한 속울음이 넘어보는 혐오, 비수와도 같다

소비수요가 기업의 자산임을 잊은
타고난 천연얼굴마저 믿음을 잃은 직무유기다

우리는 지금!(1)

붓끝으로 밑그림을 그린 역동力動의 갈기
동으로 서로
방랑에 든 낭보는
돌아오는 길을 잃었나 보다

강을 강으로 흘러내는 구애의 몸짓
그리 길지 않은 잔 높은 후렴을 외치지만

전갈자리궁수와 언어의 술사와
환쟁이의 형상이
닮아온 목소리에 허기지다

빨간 신호 점멸 없이 끓고 끓어도
실익만을 손잡는 순간
청춘의 미래 시들어든 기로에서
차고 넘처나는 실개천의 유속 너무 빠르다

오! 평생의 자본 하나 춥고 배고프고 나약하다

우리는 지금! (2)

내 속엔 치밀고 올라오는 불덩어리 하나, 태곳적
웅녀가 먹은 마늘씨 혈소판을 태우고 있다

멈춤 없이 내달리는 질주, 질주로부터 치달아 온
생성과 소멸 타협과 변절 앞에 줄달음친
갈등의 현장감은 불신에 찬 경멸의 혼란에서
쉴 자리가 안락하지 않은 독주, 건배의 잔을 든다

곡선으로 생긴 유형을 직선으로 펴는 자본의 잠식
하늘을 날고 파도를 가르고 터널을 꿰뚫어도
인간의 영달은 불면으로 감염된 출구 쪽으로만 서서
성이 발끈 난 암 덩어리
칼 받는 것처럼 구멍 난 심장으로 바람 든 맥박이 뛴다

누구나 지칭 없이 와 닿는 기우나 우려, 다 같이
돈다발에 묶이고도 나는
아니겠지 아닐 거야 하는 동상이몽同床異夢
애당초 암 갈색 돌덩이로 굳을 마그마가 끓고 있다

오! 불가사의한 초 장력에 팽배하고 있다

언덕에는 바람이 인다

언덕을 오르다가 올라선
그곳엔 바람이 인다

정수리만 흔드는
바람이 인다

마침내 내려올 때 만나는 허무虛無
처음으로 되돌아온
자신의 몫을 알기 때문이다

공분 公憤 (1)

하루아침에 온 국민의 가슴이 철렁 내려앉은
슬픔으로 날아든 마지막 메시지
인재로 빚어진 재앙은 국격의 침몰이다

돌아오라
실종된 유실에서 돌아오라

한순간에 앗아간 낯 뜨거운 비명의 참사
두 손을 가지런히 모은 절규에도
유가족가슴에 숯 덩어리 굽는 맹골수로

잔인하다
눈앞에서 잃은
생명의 존엄 잔인하다

꽃송이를 든 애도의 행렬이 줄을 섰어도
촛불 든 추모의 군중이 슬픈 눈물을 흘렸어도

처절하게 잠들었을 그 얼굴 와락, 안겨올 것만 같은
혹은, 이름만 부르다가 허망한 눈물을 머금었고
팽목항 노랑리본 무겁게 짓누르는 돌탑을 얹어갔다

뱃머리가 닿을 때마다 새파랗게 질리고 싸늘하게 식은
애 띤 얼굴에서 가슴 미어지는 유가족, 더러는
너울져올 목소리 찾아 수평선 쪽으로 귀를 기울인다

- 살아서 돌아온다는 믿음이 점점 멀어지던 순간 -

분노한다
수많은 매뉴얼이
책상머리에서 잠든 재앙의 단초에 분노한다

금권, 공권의 칼날에서 마구 집도당한 아비규환
짐짝보다도 못한 생명의 경시풍조에 분노한다

마지막 외친 처절한 목소리 두고
눈감으면 떠오를 참상을 두고
비겁하고 가증스러운 얼굴, 잠들 수 있는가

가혹하다
돌아올 수 없는 빈자리 가혹하다
눈물망울이 그득그득 고이는 이 울분

울자, 울고 울어서라도 속죄해야할 화면 속 유별留別
가슴마다 뭉근하게 맺힌 슬픔을 풀어내기까지……

부끄럽다
팽목항 노랑리본 부끄럽다
해상사고의 지표가 된 지구촌 재앙
탐욕으로 빚은 끔찍한 인재人災 부끄럽다

수평선을 향해 울부짖는 가슴 허망하다
꽃망울로 숨져간 유별, 허망하다
인본주의 실종을 낱낱이 보여준 종교패밀리
불행을 가져온 재앙의 동조자 썩은 정신이 허망하다

공분 公憤(2)

가라앉는 뱃머리와 술렁술렁 넘어서는
너울이 내통하는 사이
살려달라는 외침을 처절하게 앗아간 세월호의 참사

유가족 아우성이 지탄으로 빗발친 절규는 아랑곳없이
어눌하게 처신하는 관료주의, 믿음을 잃어간
다급하고 절박한 슬픔 앞에는 꽃 한 송이 놓였다

자연재앙이 아닌
일상에서 빚은 안전 불감증
유가족만이 슬퍼할 상실이 아니기에 더욱 가슴 아프다

슬픔으론 감당하지 못할 유사한 해상침몰을 겪고도
수많은 사건들을 가슴으로 삭였어도
희생자의 슬픔은 서민들의 몫으로 살아있다

세월 속으로 묻고 잊히기는 쉬워도
논란의 여지는 살아있을 재앙이다

슬픔을 슬픈 교훈으로 되새기지 못한, 어리석음이
거듭되는 무책임한 행태에는

금권에 빌붙은 공권의 연대가 원인일 수밖에 없다

맑고 밝게 올곧은 숲으로
키워갈 수 없다면
불의와 손잡을 농간의 빌미, 지속되고도 남을 것이다

공분 公憤 (3)

종교인의 어원과는 달리 재앙의 숨소리에 동조한
증거인멸, 집단이기주의 실리에 맞춰 정면으로
재단하고 집도한 주범을 떠나, 허구와의
결속을 탈면으로 회계할 법망의 양심이 궁금하다

- 썩은 공권력을 보여준 기득권의 세태 -

헌금 행낭을 들이대고 쇠갈퀴로 거머쥔 놈
차명으로 익명으로 땅덩어리 숨겨온 놈
땀 망울 갈취로 등쳐먹고 배부른 놈

신심이 나약한자 엇 보증 코를 꿰고
부풀린 담보로 은행돈 가로챈 경제사범
빚더미에 앉아 감세 받고 털어간 국민혈세

공권을 흔들어온 족벌교주 때마다 사골 국 우리듯이
뽀얗게 우려먹고 바람 든 속탈이 우려될 쯤
여행간 의사당 방망이가 두루두루 살펴준 호객행위

인맥으로 옭아맨 점조직 그늘에서 뇌물 먹고 놀아난 자
발 빼고 모른다고 시치미를 떼는 종교패밀리

광화문 네거리서 몰매 맞아 죽었어도 마땅하고 옳은 자

온갖 죄로 객사한 종합비리, 유가족보상금은 혈세로
뒷북치고 저승에다 판결하는 맹물 같은 법정공매
죄 값이 헐값이라 분통이 터지다가
통통 통 가슴치고 내가 죽을 공적公敵이다

아직, 끝나지 않은 종교패밀리의 재연을 두고 - - -

욕

욕, 욕은 인간사의 기원이다
태초부터 불평등감정에서 생성돼온 언어다

뭐 같은
뭐 같은 뭐 같은……
욕은 실리며 연좌며 자유로운 표현이다

욕은 비수고 활시위고 화살이다
서로의 주장이 팽팽할 때
끝내 재앙으로 치 닿는 실마리고 표적이다

부드럽게 말하고 품위 있게 진행해온 언로마저
비난의 목소리는 욕이라는 점이다

욕은 소통이며 유대며 진화다
비로써 존중의 통로
평등으로 와 닿는 새 생명의 눈이다

욕으로부터 저변을 의식할 때
욕으로 욕을 초월한 양심을 찌를 때
욕을 욕으로 듣고 자유의식이 존중받을 때

욕은 최초의 언로고 가식 없는 질서 공존이다

제4부
정글의 세상

언어가 다르고 목소리가 다르고 피부 색깔이 다르고
흥거움이 다르고 타고난 성품이 달라도 편견 없이
함께 어우러져야할 다민족의 시대,

그 중에 나 혼자만 잘 살면 무슨 재미 그리도 많으리오!!

시가 시인이 뭐냐

시가 뭐냐
시인이란 뭐냐
고소한 맛 베이컨이냐
누르스름 찜 쪄 놓은 족발이냐
반쯤은 혼 빠지는 꽃 양귀비 혈청이냐
매번 가볍게 먹고 무겁게 취하는 소주 맛이냐
울컥울컥 넘는 육자배기에 벌컥벌컥 넘어간 막걸리냐
확! 확! 냉가슴에 불붙이고 태울 안동 소주냐
쨍그랑! 유리잔을 부딪치는 포도주냐
해적질의 전통주 럼주냐

시가 뭐냐
시인이란 뭐냐
시인에게 붙은 빙의냐
허공을 떠돌다가 죽을 환청이냐
시가 시인이 올가미를 쓰고 요동치는 가슴,
얽히고 얼크러져 자기 자신을 다스릴 수가 없는
미치고 미쳐 돌아가는 불치병의 탐욕들로 암울하다
그래, 그래도 온전한 정신으로 살아갈 수밖에……

시가 시인이 글 마디에 휘둘리고
내면에서 발버둥을 쳐도
속이 텅 빈 강정 같은 가슴이다

속설의 늪

나는 까만 밤을 폭죽으로 불 밝히는 하얀 모래밭 야경
광안리에 닿았다

와~ 하고 자지러지는 함성 속에 불꽃 밤은 깊어만 갔다
멀리서부터 팔 벌리고 달려드는 밤 파도가 모래밭을
쓸어안고 술렁술렁 검은 늪으로 사라지고 있었다

한편, 광란의 밤은 홍조 띤 가슴을 제멋대로 열어젖히고
응결된 심층을 파먹고는 죽어 자빠지면 흙으로 돌아가
썩어 문드러지고 없어질 몸뚱어리의 전회, 좌중의
잔 높이에 풍덩 빠져든 고삐 풀린 취중으로 압도해갔다

가슴 가슴을 뒤흔들고도 눈초리하나 흔들리지 않는 여자
잘록한 허리를 나긋나긋 잰 짓으로 흔드는 엉덩이춤
눈두덩이 속으로 푹 꺼진 음흉스러운 눈빛은
곧 활활 타오르게 될 황홀경으로 불붙이고 있었다

순간, 빨갛게 충혈 되고 타는 마귀할멈 눈빛보다도 더욱
간살부리는 몰골에서 섬뜩한 잔인성이 감돌았고
휴전선 철벽보다도 강심장을 지닌 애정의 테러 익어갔다
부끄러움조차 장삿속으로 몰락해버린 불야성 잇속에는

온통, 게거품을 흘린 두 얼굴의 야성이 넘쳐나고 있었다

삶이 격랑으로 내몰렸다하여 버젓이 몸뚱이를 팔고 사는
요사스러운 반항, 시치미를 뚝 뗀 혈연이나 존속 아니면
길가는 남자는 모두 냉혈전사의 먹잇감으로 점찍은 유희
사선을 넘나드는 은밀한 거래였다

생명을 잔인하게 죽이는 게임 속 속박을 적절하게
인용하고 뭇 가슴에 보금자릴 틀고 앉아 때 없이
궁둥짝을 흔들어댈 자궁 속 무덤 비난만은 아니다

하지만, 상도의도 감정도 없는 물신주의 신봉은 다르다
술이 술 먹은 만취에도 지켜낼 자산은 올바른 정신이다
마구잡이로 이끌 사악한 유혹 절제 없으면 맨 마지막
남을 위대한 어머니의 역사는 전설 속으로 묻힐 것이다

전장에서 점령군잣대로 여인네 앞가슴을 마구 짓밟은
속설의 늪처럼 음탕한 욕구라면 신분을 망라하고
이뤄져온 성교는 모두 비난받아 마땅한 욕정의 방사다

사랑이란
그 어디에도 존재 없이 쾌락의 늪으로 빠져들고 물드는 자,
헛바닥 간살에 죄 없는
사타구닐 샛서방의 통정으로 넘어서는 자,
변명할 여지라곤 발붙일 수 없음을 자각해야 한다

혼숙은 사랑이고 존중이다

배려의 선 지켜가지 않는다면 사랑이란 빌미로 혼혈의

정사에서 뒤엉클어지는 모멸감에

썩어 뭉그러진 의식으로 존재감마저 흔들리고 죽을 것이다

쉿! (1)

쉿! 내일이 오거나 안 오거나
오늘만을 충실할 뿐이다

까만 밤을 지나거나
하얀 새벽 오거나
오늘만을 충실할 뿐이다

첫새벽에 홰칠 수탉, 달 뜬 초저녁에 울거나
씨암탉이 빈 둥지를 품고도 알 낳은 체 호들갑을 떨거나

허기진 빈사상태瀕死狀態에 이르거나
오늘만을 충실할 뿐이다

쉿!(2)

쉿! 겨울이다
머릿속이 하얀 겨울이다
바람의 시체로 가득한 겨울이다
장미 빛 혈안에 몰염치를 태우는 동안
한시대의 묵객墨客 잠자는 저성장을 들깨워도
시장경쟁의 둔화, 간 고등어 눈구멍을 닮아가고 있다

김수영의 일갈 "모든 전위문학은 불온하다."
"모든 살아있는 문화는 본질적으로 불온한 것이다"
시인이 무엇을 말하는지를 사색할 필요 넘어섰다
"껍데기는 가라"신동엽의 화자 도둑맞은 보석이다
기둥처럼 세운 불휘의 항거, 젊은 피를 흘리고도
세상을 보는 타인의 관조 황폐하다

제왕적 행태에서
철학이 죽었고 시가 죽었고 시인이 죽었다

쉿!(3)

쉿! 광대다
아니, 어릿광대다
비아 냥 풍자에도 선순환 유익 알량하다

빛이 물이 소금이 알몸이다
재벌의 전유물로 벌거벗은 알몸이다
무소불위의 침대에는 혼음의 숨소리 거칠었다
달콤한 입버릇 시끄러운 난장판을 잠재우고 집도했다

머리로는 밥을 짓고 눈으로는 국을 끓였다
귀로는 성벽을 쌓는 밥버러지 들끓었다
일자리의 괴리에서 발 빠른 해적자본 기업을 점령한
저임금 칼날은 땀 망울 노략질에 바쁘기만 하다

실리에 밝은 공공의 조력자
총알도 막아서고
적과도 동침하는 퍼포먼스 알리바이 품새다

몸짓으로 묻는 어릿광대 꼬집고 얼러주고 에둘러도
거리마다 찰랑대는 쓴잔을 들고
비틀거리는 노숙이 차라리 풋풋하다

노동을 엎어먹은 거대침몰을 함께 겪고도
목소리만 드높은 실업의 공포에서 시가 죽었다
자본성장이 멈춘 몸부림친 한계에서 목마르게 죽었다

시가 슬프다
우직했을 시인이 슬프다

쉿!(4)

가상세계와 현실사이 어느 중간지점을 떠도는
당신의 머릿속 부자이길 원하십니까

조직의 편리에서 들러리가 된 모둠 마피아
비리의 전조고 쇠고랑 찬 사건이죠
그래도 당신의 머릿속 부자이길 원하십니까

여기, 일등원조 제왕처럼 섬기고 옭아매는
술과 노래와 춤추는 밤 문화
범죄와도 손잡을 경종이 있습니다

촌로의 쌈짓돈을 퍼 나른 피싱, 무작위로 날뛰고
죽어서도 미쳐버릴 화면 속 도박,
컴 바다의 해적이 우글대고 있습니다

돈이면 속치마도 벗고 평생의 자본 장기도 팔고 사는
인간 존엄성 땅바닥으로 뚝 떨어지고 나뒹구는
자살수치 으뜸으로 높습니다

간혹, 직방으로 들려오는 애 울음소리가 신비롭고도
생소하게 느껴지는 이유를 다 설명할 수 없지만

아이들 울음소리를 어르고 달랜 정겨움이 사랑이죠

치매와도 가까워진 불안과 초조 자연치유가 요구될 때
일등이란 서열의식이 보이지 않는 고독으로 빠져들 때
사람 사는 의식은 평온으로 와 닿는 현실이 행복이죠

아직도 당신의 머릿속 부자이길 원하십니까
당신의 열정이 다 식어버리고 멈추기 전에 - - -

쉿! (5)

사람과 사람사이가
구릉지 정글 속에 사는 아나콘다다

사악한 혀끝으로
곧 널름
먹어치울 듯이 섬뜩하다

어제, 오늘이
그러하듯
극과 극으로 존재할 뿐

웃고 웃어넘길 틈조차 사악한 눈빛으로
갈등하는 점, 정글 속에 사는 아나콘다다

멀리 여우 빛 햇살 찡그리고 웃는다

쉿!(6)

우리란 매듭이 타인으로 풀리고
이웃이란 정감마저
종이장두께로 얇아지고 있다

자신의 몫은 온전히 두고
타인의 몫까지
자신의 몫으로 가로채는

끝이 하얗게 바랜 퇴색에서
순수와 믿음 다 잃은
몰염치한 불신만이 팽배하고 있다

내가 그르고 네가 옳은
미네르바일지라도
허리가 굽고 눕는 길은 빈손이다

쉿! (7)

쉿! 바람이다
바람의 숨소리가 뜨겁다
아니다 차다
달다
맛있다
아니다 쓰다
바람의 머릿속이 하얗다
아니다 까맣다
정작
바람은 가버렸다
그래
다시 올
바람의 색깔
수채화가 유화가 서로를 덧씌워갈 그림이다

열가 (1)

주둥이를 쩌 억~ 벌리고 흔적 없이 꿀꺽!
한입에 먹어치운 혓바닥의 농간에는
마그마의 진앙지가 월가였다

빌딩숲들은 허리춤이 묶인 채로 줄 담보
잔칫상을 차렸지만
찌지 직 녹아버리고야 마는
현장감 따위는 존재하지 않았다

쩌 저적 갈라지고 널름거리는 불꽃이나 풍덩할
수렁이나 새우잠으로 누울 틈바구니나
숨고르기조차 없는 돈 장사의 허구
아예, 원초적인 어원마저 증발하고 없었다

어디쯤 어느 끝에서 비명으로 달려올지도 모를
위기감 속에서 조용히 숨죽여가다가
곧 멎어버릴 것만 같은 심장소리 말고는
흔적 없이 날아간 소용돌이엔 버팀목이 없었다

테러범의 침략에도 돈뭉치의 목소리 쩌렁거렸던
빗발친 전장의 아우성쯤은 거들떠보지도 않았던

먹구름을 부른 월가의 수신호

만용을 넘어 부글부글 끓어오르다가 푹 꺼져버린
거품시장 장돌뱅이 모루 자빠진 가자미눈처럼
희멀겋게 껌벅거리고 있었다

앙칼지게 외쳐대고 눈 부라리고 입맛대로
골라잡아 마구잡이 식성으로
까맣게 태워먹은 월가의 구토 심장마비였다

돈 장사의 속앓이가 볼만하게 술렁거린 게거품 난장은
또 다른 휴면의 마그마가 솟구쳐 오를지도 모르는
의뭉스런 해적자본 변방의 뒷전에서 숨 고르고 있었다

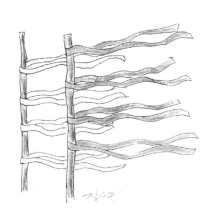

얼가 (2)

인간의 포식飽食성을
여과 없이 보여준
철옹성 비보, 럭비공은 솟아올랐다

높이, 아주 높이 날아오른
럭비공의 착지
어디로 떨어질지는 아무도 몰랐다

자본증식이 자본잠식으로
사라진 모작 풍,
직업의 실종만이 깊어갔다

마침내 거품시장의 붕괴는 남아 오그라든 살림에
갖가지의 역겨움이 일고서야 염장을 지른
수려한 말솜씨 철옹성 체면을 세워가고 있었다

저잣거리의 눈웃음이 가로찢어지던 장,
차갑게 냉 기온이 흐른 씁쓰름한
도미노의 현상에 휴머니즘 흔들리고 있었다

삽시간에 맞이한 팬터마임 초라하고 헐렁하고
우스꽝스러운 물신주의 토픽에서
게거품 추론은 담금질에 들어선 광고였다

어느 풍자나 비난에도 없을 그렁그렁한
그 돌림병에 들다가
털썩! 간 떨어진 개미군단 목소리 너무나 크다

감옥에는 가지 않는다

눈으로 귀로 가슴에 담지 못할
죄와 벌
공권을 등에 업고
면죄부로 타협해온 사람들

- 감옥에는 가지 않는다 -

매일 읽히는 지상지면에
갖은 술수로
썩은 오랏줄로
행실의 안녕을 흥정해온 사람들

- 감옥에는 가지 않는다 -

병보석을 내세운 궐석재판
휠체어에 몸을 싫고
화면 속에서 광고해온 사람들

- 감옥에는 가지 않는다 -

먹을 것이 없어서 굶주리던 시대는 지났어도
여전히 걸구 들린 흉상으로
얼굴이 뜨겁도록 양심을 팔고 사는 사람들

- 감옥에는 가지 않는다 -

거기!?

한때, 알만한 인사들이 다 다녀온 모르쇠의 길
입소문이 들끓어도 조용히 잠재운 별이 있지

거기!? 의왕대학 학위 받으러 갈래
온통 벽으로 존재하는 성, 하늘만볼 수 있지

옭아맨 포승줄을 가벼운 휴양쯤으로 여기지만
벽속에 둥지 틀면 혼돈의 이중성에 빠져들고
잠자리가 버거운 머릿속 그리움이 흔들고 가지

꿈꾸면 시퍼런 비단뱀이 우글거리고
알몸을 휘감아오지
내면의 묵은 때를 비워낼 즈음
진정, 자유가 무엇인지를 알게 하지

법망은 예외 없이 거미줄을 엮는 함수관계라는 점
스스로가 족쇄를 채운 그물망에 몸서리치고
거미줄에 걸린 자신임을 알게 하지

법을 만드는 자도 법망을 지켜온 자도
법망에 묶인 수감자도
억, 억 소리에 무너지고 얻은 별이 있지

거기!?
의왕대학 학위 받으러 갈래

광우병

변죽을 죽 끓이다 엎치고 겹치는 맞배지기
치솟은 고물가(價)는 두고 강바닥을 긁었지

작은 살림 앞세운 명퇴란 밑그림에
떠밀리고 내친자리
수족 같은 고자들만 들였지

사료 먹고 미친 소 광우병에 걸렸다고
믿을 놈 못 믿을 놈 날 새면 들배지기
촛농으로 흘러 흘러 온 장안을 메웠지

축제 같은 시위가 광우병을 닮아가던 모습
진정으로 폐농의 아픔을 돌아보긴 했을까

혈세로는 감당 못할 빚 덩어리 행보에서
강바닥이 썩어가는 수중보
훗날, 부끄러운 관심쯤은 있었을까

수족 같은 꼭두각시 중재로
언론의 칼끝이 기업의 숨소리와 놀아난 건 아닐까

저어새

바다는 철썩철썩 죽은 적막을 들깨워도
생명의 숨소리는 모두 멎어있었다

꼬물거리던 갯것들을 삼켜버린 검은 망토
은빛모래 금빛 눈부심도 죽었다

허기진 주둥이로
빈껍데기만 들쑤시는
저어새 주걱부리 다 달았고
빈 펄에 털썩 주저앉은 어심마저 죽었다

재앙의 필연에서 수많은 사람들이 가슴으로
되살려낸 갯벌의 복원,
절망을 딛고 일어선 태안의 부활 축복이다

"물은 생명"이란 대자연의 진화에 머리 숙인다

판도라

재물을 오물덩어리로 아는 신사임당 옷고름이
술술 술 풀어지고 세종대왕 어진은 질그릇
깨지듯이 간간히 쇳소리를 낸다

뭉칫돈 쓸어 담는 도박판 판도라
수렁보다 깊은 카지노에
만물상주머니 용광로 쇳물처럼 흘러든다

허, 허깨비다
잭팟이 잠든 시간
밤새껏 쇳소리와 동침해도 잠깨지 않았다

허, 허를 찬다
줄 담보 끌어넣고 종자돈을 털어가는 무소불위
사냥꾼 덫에 꼼짝없이 걸려든 가랑잎 판돈이다

돈, 묻지 마라
도박판 판도라 밤낮을 돌고 돌아가도 멈춤 없이
일그러진 얼굴로 빙빙 빙 잘 돌아간다

고추밭 풍경

평소, 샤워기물소리가 쏴하고 쏟아지는 시원한
물줄기에 온몸을 내맡기 곤 한다

가끔, 사계절온천 뜨끈뜨끈한 고추밭으로 가면
풋고추, 여문 고추,
고래 잡을 우멍거지 고추가
달랑거리고 덜렁거리고 치렁거리고 으쓱거렸다

뗑그렁 종칠 종 불알만한 피망 고추, 귀두가
우툴두툴한 성형고추,
튼실하고 미끈하게 생긴
불가사의한 알 불알 고추가 주렁주렁 즐비하다

전설 속 용머리가 여의주를 입에 물고 후끈거리는
모래시계 앞에서 땀 망울이 송골송골 맺히고
사군자의 숲을 어슬렁거리던
얼룩무늬 나신 호랑이의 콧등에서도 그러하다

간혹, 건들대는 왼쪽 종아리에서 오른쪽 어깨까지
용 비늘을 친친감고 으쓱거리며 샤워 중이던
울긋불긋한 총천연색 어깨 족 그림들이

사계절폭포 냉탕에서 마린보이를 체험하고 있었다

구석진 곳에서는 벌거벗고 누워있는
또 다른 용의허물이 벗어지고
탐스러운 장미꽃 몇 송이는
뜨거운 열탕 속으로 들랑거리지만 시들지가 않았다

필요악의 권리

60만대군의 기호품인 궐련초 필터 없이 지급된
화랑담배는 전선의 유물로 한 시대를 지배했고
구름도넛으로 즐긴 휴식은 복무자의 위로였다

이 땅의 장병이 대물려기억된 잊지 못할 소모품
나눠 피운 궐련초한 모금에 전우애는 두터웠다

농민의 소득원이 전무하던 보릿고개
그 시절 그 노래 잘살아보세 - - -

노랫말을 따라 흥겹게 달려온 길
농촌소득원으로
세수기반을 다져온 담뱃잎

농민을 깨운 효자품목으로 빈 땅 곳곳에 심어졌고
원천징수로 자리 잡은 담배농사
밭농사의 모태고 새마을운동 기원이다

담배농사는 농업인 자녀 진학으로 이어져온 수혜다
　　　그런 담배 백해무익하다 지탄해도
　　　수요자의 세금이 수혜자와 동승한

공공의 실리에 염치없이 쓰이고도 비웃는 자원이다

흡연자 모두는 천박하게 내몰리고 죄인 된 모습으로
뒷골목 후미진 곳이나 지정된 장소 아니면 벌과금이
부과되는 사법死法 적용은 이중성을 지닌 모순이다

금연을 앞세운 담배 값 인상은 파렴치한 농간이며
하등동물에 취급되고 쥐구멍으로 몰아간 징수제도
서민들 몫이기에 비현실의 명분이고 양심수탈이다

자동차굴뚝이 흡연보다 백만 배 유해하다고 하여
어깃장을 놓고 견주는 게 아니다
평소, 마음대로 자위할 수 있는 흡연은
내면의 불안과 초조감을 다스리는 자유 담배다

성숙한 흡연자 타인의 피해 우려한다
자신을 위해 필요악의 금연 의식한다

중독이란 고립에서
흡연이란 지탄에서

줄어드는 일자리와 소비수요를 헤아리지 않는
마귀로 보고 마녀로 보는 편견이면
동시대를 벗어난 인신공격이며 허구다

건강이란 유익한 전제와 맞물리고 돌아가는 담배
살림살이 정책과 거시주의 안목에 관심 있다면
우선도 차선도 아닌 흡연자의 혜택이 먼저인 거다

- 담배공장이 멈추지 않는 한 흡연자 당당하다 -

아침이면 해가 뜬다

일교차가 곡선을 그리다가 체감마저 뚝 떨어진 밤이다
길가는 취객을 향해 게슴츠레 졸고 있는 가로등 술 취한
취객만을 비추다가 닮은꼴이 되었는지
구부정하게 허리를 꼬고 움찔거리는 모습이다

망년의 정취가 음산한 기운으로 차갑기만 하다
도시의 밤이 왜 이렇게 어둡게만 보일까
기분 좋게 취하고 흥거웠을 분위기는 오간데 없이
잔뜩 웅크리고 걷는 취객의 뒷모습에 마음 쓸쓸하다

날 추워서 뼈마디가 굽었나
두 손을 불끈 쥐고 뛰던 꿈을 잃었나
찬바람에 떠밀려가는 모양새 힘겨워만 보인다

정규직일자리 자고나면 시들어죽고
꿈의 일터 여행가고 없으니
갈지자 걸음걸이는 단박에 밀려날 허무인가보다

아니, 명퇴란 그림자와 무언의 저항일까
불만의 단초 자신만이 아니란 걸 시위라도 하는 걸까

물끄러미 지켜보던 나, 걸쭉한 막걸리가 생각난다
가자, 구공탄 불 피우던 주막으로
어스름한 달빛 시름에 찼어도 아침이면 해가 뜬다

날마다 희망인 게 삶

세상사 문물에 풍물에 삶으로 겪는 벼린 물에
흰머리 물든 머리 주눅 든 민 대머리 삶에
일상의 우려 때 없이 둥지 틀고
머릿속을 뒤흔드는 체증 같은 속앓이
어찌, 턱밑으로 차오른 나이 탓으로 돌리겠소

들녘 암컷들은 만삭이 부끄러워 고개를 숙이는데
밤낮을 철모르고 커버린 바람 든 무밭에서
글쟁이 환쟁이가 벼랑 끝에 내몰린
밑그림을 깨우지만 구멍 난 바가지로
건질 것도 없는 탁상공론 온전한 정신이면 좋겠소

한음계 한목소리에 엇박자로 크고 있는 쌍지팡이
아파트천정마다 빚더미를 얹어놓고
외상 살이 인생사에 저당 잡힌 세상사라
꿈도 삶도 일자리도 몸 파는 날품팔이 날마다
전장 같은 아수라장 점보고 굿이라도 해야겠소

내 집에 오신 손님 부자 되라는 글귀가 부적처럼
나붙고 만나는 사람 주고받는 인사가 그러하듯
저성장 곤궁困窮에서 지치고 시름에 든

마음시린 질곡을 불지른다하여
먼저가신 예수라며 우러르고 받들 을 자 있겠소

아침이면 잠자리의 안녕을 묻고 되물어야하고 밤이면
하루 중의 악다구니도 감사해야할 일상에서
비우고 비워가는 마음 가다듬고 다독이다 보면
아침햇살 쑤~욱 솟아오듯 날마다 희망인 게 아니겠소

그 중에 나 혼자만 잘 살면 무슨 재미 그리도 많으리오!!

김영진 시인의 "백년의 잠 깨우다"를 읽고

-교육학박사 시인 최상근

시인이란 독자들에게 자신과 같은 감성을 불러일으키기 위하여 글로써 재간을 부리는 사람이라고 한다면, 여기 김영진 시인도 그런 부류의 시인이라 할 수 있다. 시인은 아름다움을 감성으로 표현하는 글의 달인이기도 하고 언어의 파수꾼이기도 하다. 김영진 시인은 소싯적 용어를 잊지 않고 자연스럽게 다루고 있는 점을 보면 올챙이와 개구리의 동요가 떠오르게 한다. 잊히기 쉬운 용어들을 되살리는 자연스러운 힘이 오밀조밀해서 올챙이와 같고 펄쩍 뛰는 개구리와 같아서 개구리 시인이라고나 할까? 그 예를 몇 살펴본다.

> 거미줄에 조롱조롱 빛난 이슬방울 간드러지고/오
> 이풀 꽃 머리에 살포시 앉은/담색물잠자리 갸웃갸
> 웃 눈웃음을 피우고 있었다.("시월의 잔상")
> 밤새, 싸락눈이라도 올 것만 같은 저녁/꽁꽁 얼어
> 붙는 바람결에 군고구마 단내가 풀풀 날아 불 켜
> 진 창가에 기웃기웃 닿을 즈음("첫눈")
> 겨우내 얼고 녹은 졸가리 마디마디에/아지랑이 볕
> 이 감실감실 놀아주고(아지랑이 볕)

그래서 그런가? 김영진의 시 여러 곳에서 자연에 대한 사랑, 인간에 대한 사랑, 생명에 대한 사랑이 배어 있음을 본다. 시인이라면 대체로 노래하는 주제를 다루기 마련인데 김영진의 시에서는 김영진 시인 나름의 해법으로 풀어가고 있음도 다름을 보여주고 있다.

사람 시늉하고 있는 저 모습 좀 보라/어중간이 허한 내 속을 알았는지 너털웃음을 짓고 있다/사람 같으면 호탕하게 생긴 영걸인데/아쉽게도 억수의 세월 뒤에 눈길 마주보고 있구나("수석")

간절한 눈빛의 곡예 이글거림에선 빛이 아렸다./더러는 치정살인의 종지부도 찍었을 검푸른 돌 흑요석의 창/휴화산의 뜸한 대 분노가 벌떡이다 멈춘 불덩이 채로 잠들어 있다.("흑요석의 창")

자연의 결은 불안을 잠재우는 모성애와 같으니("자연의 결")
마음을 나누어서 좋은 훈풍이/이보다 더 있겠나/
가슴이 후련해서 좋은 흉금이/("친구")

김영진 시인이 제1부에서 보여준 자연에 대한 사랑, 인간에 대한 애정은 제2부로 들어서면서 가만히 존재하는 글귀를 넘어서서 언제 제 몸 밖으로 뛰쳐나올지 모르는 쇳물, 언제 제 몸 밖으로 솟아 타오를지 모르는 불꽃처럼 다가온다. 그러니까 제2부부터 나오는 그의 시들은 가까이 다가갈수록 용광로와 닮아있다고 말할 수 있다.

막장의 탈을 쓴 두 얼굴이여("통일의 염원")

눈물로 쟁여둔 화살, 활시위를 당긴다("백년의 잠")

　그의 시적 아이디어는 경계도 없고 시공도 없다 자기 자신의 관심사는 물론 다른 모든 사람의 관심사도 자신의 관심사가 된다. 과거사를 되짚기도 하고, 현대사에 얽매인 세상살이도 비판한다. 인터넷 세상과 sns 세상에서 벌어지고 있는 다양한 관심사도 비판을 통렬히 날린다.

한 순간도 눈 뗄 수없이 시공을 넘나드는 4G/벽과

벽이 된 세대와 세대차, 갈등을 망라한 최면술사

다("중독의 세상")

해적 자본으로 춤추는 그래프 쇠약한 인본주의

탐닉에 집요하고("저성장 그래프")

휴전선 철벽보다도 강심장을 지닌 애정의 테러 익

어갔다/부끄러움조차도 장삿속으로 몰락해버린

불야성 잇속에는/온통, 게거품을 흘린 두 얼굴의

야성이 넘쳐나고 있었다("속설의 늪")

　요즈음 자유 분망한 시대에서 초로의 잠언처럼, 그 누구도 말하지 않는 주제와 관심 밖으로 멀어진 현실을 미래의 만남으로 맥을 잇는, 독자의 갈 길을 재촉하고 있다. 마치 샐린저의 "호밀밭의 파수꾼"처럼, 광야에서 외치는 예수처럼 통렬하게 자신의 시심을 불태우고 있다. 그래서 필자는 서두에서와 같이 '올챙이와 같고 펄쩍 뛰는 개구리와 같아서'"개구리"같은 시인이라 칭하고 싶다.

그 중에 나 혼자만 잘 살면 무슨 재미 그리도 많

으리오.("날마다 희망인 게 삶")

　필자는 독자들에게 김영진 시인의 시를 읽을 때, 책을 읽듯이 읽
으면 의미를 알 수 없다고 말하겠다. 그의 시는 주어진 운율에 따
라 같이 슬퍼하고 같이 화를 내며 가슴으로 읽어야 한다. 젊은 사
람도 읽고, 나이든 사람도 읽고, 남자도 읽고 여자도 읽을, 읽을거
리가 있다. 그리고 자신의 가슴을 조절하는 것을 기억해야 한다.